衛斯理系列 少年版 36

眼睛

作者：衛斯理

文字整理：耿啟文

繪畫：鄺志德

衛斯理
親自演繹衛斯理

老少咸宜的新作

　　寫了幾十年的小說，從來沒想過讀者的年齡層，直到出版社提出可以有少年版，才猛然省起，讀者年齡不同，對文字的理解和接受能力，也有所不同，確然可以將少年作特定對象而寫作。然本人年邁力衰，且不是所長，就由出版社籌劃。經蘇惠良老總精心處理，少年版面世。讀畢，大是嘆服，豈止少年，直頭老少咸宜，舊文新生，妙不可言，樂為之序。

倪匡　2018.10.11　香港

主要登場角色

蔡根富

奧干古達

衛斯理

比拉爾

花絲

第十一章

災禍來了

這時我真的呆住了！不但因為蔡根富的聲音變得如此莊嚴，而且他講的那兩句話，也充滿了自信，絕不像一向忠厚老實的蔡根富會講出來的！

我不禁驚問：「你不是蔡根富！你究竟是什麼人？」

他説：「我本來是蔡根富，現在我已經什麼人也不是，**我是維奇奇大神！**」

我大聲道：「不行，我一定要看一看你！」

「那你就得準備成為我的信徒！」

我笑了起來，用家鄉話罵了他一句：「要不要焚香叩頭？你有什麼神通，會**呼風喚雨**，撒豆成兵？」

蔡根富看來被我激怒了，大聲道：「你別對我不敬，我有我的力量，只要我回到山中，我就有我的力量。」

「那等你回到山中再説，現在我一定要看看你的樣子！」

「**你會後悔**，我的樣子並不好看。」

「放心，我不會後悔！」我説着左手一揮，先將身邊的花絲**推開**，然後右手已經抓住了罩着蔡根富頭上那幅布的布角。

　　在這樣的情形下，本來我只要隨手一扯，便可以將蔡根富頭上蓋着的那塊布 **扯脫** 。但就在這個時候，蔡根富動作極快，突然揚起手來，手心按在我的手背上。

　　當他的手按在我 **手背** 上時，我感到了一股突如其來的麻木和虛脱，使我的手，甚至整條手臂，都使不出半點力道來。

　　我軟弱無力地後退了一步，脱離了蔡根富的觸碰後，手臂上的 **虛脱感** 亦隨之消失。

我實在説不出話，只是呆呆地盯着頭上覆着布的蔡根富。花絲嘆了一口氣，像是在説：我早就 **警告** 你不要亂來！

這時候，蔡根富又開了口：「好，如果你堅持要看的話，我就讓你看，可是你別後悔！」

我緩過了一口氣來，「不管你玩什麼花樣，我都不會後悔！」

只見蔡根富伸出手來，將頭上那塊布拉下，我只看了一眼，整個人就 **僵住**，全身血液像是凝結了一樣！

我面前是一個人，頭的形狀和普通人沒有什麼不同，可是臉上原本應該是額、眉、雙眼的地方，卻被一隻眼睛全佔據了！那隻 **眼睛** 是如此之大，兩邊眼角都達到太陽穴，當中的那隻眼珠，直徑足有三吋，閃耀着一種 **令人窒息的光芒**，直盯着我。

這巨型眼睛除了眼珠部分是黑色之外，其餘地方是相當深的棕紅色。而整隻眼睛像是硬生生地嵌進了人的臉部一樣！

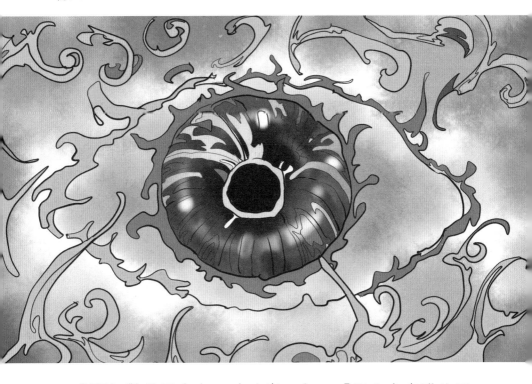

我不知驚呆了多久，才吐出一句：「天！究竟發生了什麼事？」

蔡根富那隻眼睛仍然盯着我，「花絲早已告訴過你，

我變成了維奇奇大神！」

「不！這是假的！」我大叫道。

蔡根富向我走來，走得極近，我和他鼻尖之間的距離不會超過十厘米。他的意思是要我看清楚，他的眼睛是真的！

如果說我剛才 **第一眼** 見到這眼睛時，感到了吃驚，那麼此刻我真的不知用什麼字眼來形容自己才

好，我不由自主地 **尖叫** 起來，一面叫，一面後

退，突然「砰」的一聲巨響，我竟然撞穿了門。

而門外就是 **階梯** ，所以當我一撞穿了門之

後，整個人就跌了下去。

　　我至少有一分鐘之久，什麼也看不到，然後才見到很多黑人**俯身**來看我。

　　我掙扎着站起來，往上看，才知道自己一直滾跌到地上，滾出了**相當****遠**，而我看到花絲屋子的門歪在一邊。

　　這時候，有一名警員走過來問：「先生，你需要什麼幫忙？」

　　我立即指住那房子説：「守住這**房子**，不准任何人接近！」

　　那警員用一種奇異的目光望定我。

　　我又説：「請通知奧干古達先生，他是司法部的官員，就説是我——我叫衛斯理，在這裏等他，有極其緊急的事情，**請他立刻來！**」

　　那警員總算聽懂了我的話，急急照辦。我推開身邊的

幾個人，又向花絲的住所走去，可是進去後，發現房間裏**一個人也沒有**。

　　我扶起了一張椅子，坐下來，心還在劇烈地跳動着，腦中**混亂**一片，吃力地整理着思緒，去想想在蔡根富身上究竟發生了什麼事。

　　奧干古達來得**出乎意料**的快，比拉爾和他一起來，奧干古達一衝進屋子就大聲問：「衛斯理，發生了什麼事？」

我深吸了一口氣，説：「我在這裏，見到了蔡根富。」

這句話一出口，他們兩人登時緊張了起來，奧干古達忙問：「**在哪裏？現在他在哪裏？**」

他一邊説，一邊四面查看，我搖頭道：「我不知道他在哪裏。」

奧干古達呆了一呆，「這是什麼意思？你説你見過他，但又由他離去？」

我指着那扇被撞開了的門，以及門外的階梯，解釋道：「當時我嚇壞了，只顧後退，撞破了這扇門，跌了出去，**滾下階梯**，

一直跌到街上。等我再回到屋子時，他們已經不見了！」

比拉爾禁不住問：「他們？你能不能說清楚一點，到底發生了什麼事？」

我毫不隱瞞，將我準備獨自行動開始講起，一直講到我叫 **警察**  通知奧干古達來為止。

等我講完了之後，只見奧干古達臉上肌肉抽搐着，雙眼流露出恐懼的神情，驚叫道：

「**蔡根富變成了維奇奇大神！我們完了！我們完了！**」

我和比拉爾互望了一眼，我倆都不是本地人，但比拉爾對當地文化認識比我深，便向我講解：「在他們的古老傳

説中，維奇奇大神具有極大的神通，而且是一個 災禍之神 ，和許多大自然的災害、死亡，聯繫在一起。」

我看到奧干古達的神情，雖然他受過高等教育，但對於自己民族的古老傳說，肯定有根深柢固的想法。

我將手搭在他的肩上，使他略為鎮定一些，説：「我們是不是先離開這裏？」

他有點 失神落魄 ，勉力使自己鎮定下來，點了點頭。

我又説：「蔡根富在這裏躲過一段時間，要派人看牢這裏嗎？」

他回答道：「是的，看守 。不，封鎖 ，我會叫人封鎖這裏！」

他轉身離去，依然魂不守舍，一腳在階梯上踏了個空，若不是我及時**抓住**，他已經重蹈我的覆轍，一直滾跌到街上去了。

我們到了街上，奧干古達向警員匆匆吩咐了幾句話，我們三人就一起上了車。我和比拉爾堅決不讓奧干古達**駕駛**，於是就由比拉爾開車，直駛去奧干古達的住所。

奧干古達進屋後，依然心神恍惚。

我們三人一起坐下來，奧干古達望了我們一會，忽然說：「**災禍來了！**」

第十二章

　　奧干古達說了一句「**災禍來了**」，然後深吸一口氣，向我們講述有關維奇奇大神的事：「我國的人口，大抵是二百六十萬，約莫有百分之三十住在幾個**城市**之中，還有百分之七十左右住在山區，仍過着相當原始的生活。而不論住在城市還是山區，我國人民對維奇奇大神都非常敬畏。在我們古老的傳說中，佔了我們國境三分之

二面積的 維奇奇山脈 ，是由維奇奇大神所創造。
這個傳說古老得已經無從查考。」

　　我接着道：「我明白，這種 古老的傳說 ，
每個民族都有。中國的西北地區，有世界屋脊之稱，在古
老的傳說中，也是由一個叫 共工 的神，撞斷了一根柱
了所形成。」

19

奧干古達點了一下頭，繼續説：「相傳，維奇奇大神創造那座 **雄偉的高山** 時，所有生物都為之震懾，接着，維奇奇大神還顯現祂的樣子來，要人信奉祂、服從祂；誰不服從，誰就死亡！」

奧干古達講到這裏，我又忍不住説：「那也不足為奇，幾乎所有的神都是那樣！」

奧干古達苦笑了一下，「事情不只那麼簡單，維奇奇大神還在一個 **山洞** 之中，留下了一幅巨大的石刻畫，顯示了祂的形象，並説祂會來看看答應信奉祂的人，有否 **遵守諾言**。」

「既然你們的人民還是這樣信奉祂，那麼大神再來，也不會生氣，只會高興，説不定再賜你們一座大煤礦呢！為什麼你説 **災禍來了**？」比拉爾問。

奧干古達瞪了比拉爾一眼，「問題不在這裏。對於維

奇奇大神的 **神威**，我始終認為，那只是傳說。如今，忽然有一個人，他有着和常人絕對不同的外形，而這種外形，又恰好是傳說中維奇奇大神的形象，當他在群眾面前出現，你想想，會發生什麼事？」

這一番話頗出乎我的意料。我明白他的意思，他們的民族對維奇奇大神如此崇拜，如果大神忽然出現，那 **毫無疑問**，所有的人將站到大神的一邊，而這個國家的政治體系、社會秩序，可以在一夜之間完全 **崩潰**，一切聽命於維奇奇大神！

我心中也暗暗吃驚，提出一個疑問：「如果軍隊奉命去逮捕蔡根富，**看到他的樣子之後**，會不會……」

奧干古達毫不猶豫地回答：「會變成他的軍隊！而且將會是世界上 **最忠心**、**最勇敢** 的軍隊！」

我登時呆住，而他又繼續說：「更可怖的是，你説蔡根富已經有一種 **神奇力量**，能使你在剎那之間肌肉麻木，喪失活動能力？」

我瞠目結舌，點了點頭。

奧干古達神情苦澀，「維奇奇大神的 **外貌**，再加上這種神奇力量，事情發展下去……實在不敢想像！」

我和奧干古達互望着，比拉爾緊張道：「現在我們該怎麼辦？盡快找到蔡根富，不讓他在群眾面前露面？」

奧干古達苦笑了一下，「只怕每一個人都會寧願 **犧牲** 自己去庇護他，因為他是維奇奇大神！」

比拉爾立即説：「我的意思，當然不是出動軍警，而是我們三個人去找他！」

我站了起來，徘徊踱步，思考着山中那麼大，我們如何能找到蔡根富？而蔡根富又為什麼堅持要到山中去？

突然之間，我想到了奧干古達剛才講過的一件事，連忙問：「奧干古達，你説在山區中，有一幅，是維奇奇大神留下來的？」

奧干古達點頭道：「是！」

「你到過那地方，見過那幅壁畫？」我問。

奧干古達説：「是的。那幅巨大壁畫的確十分神奇，而且難以解釋。當時我準備向宣布這件事，

但後來經過一連串的會議討論，我們擔心公布出來，對於我國國民的 **心理影響** 實在太大，所以才作罷。」

我感到意外，「你的意思是，人民不知道那壁畫？」

「他們知道的，只是傳說。而那幅巨大壁畫真正所在的地方，由於十分隱蔽偏僻，只有極少數當地族人確實知道，而那些族人又 **與世隔絕**，不和其他人往來……」

我不等奧干古達說完，立即問：「那幅壁畫在哪裏？」

「 **在一個巨大的山洞之中。** 」

「蔡根富的外貌變成了維奇奇大神，又堅持說要

『回』到山中去，那麼他的 **目的地**  ，會不會就是那幅壁畫？」我推測道。

「大有可能！」比拉爾十分同意我的推測，然後我倆一同望向奧干古達。

奧干古達想了一想，也堅決地點頭説：「好！我們三個人一起去！但我得提醒你們，此行可能相當危險！」

我笑道：「我以為你已經從 **國際警方** 那裏完全了解衛斯理。」

比拉爾也笑道：「怕危險我就不會當記者了。」

奧干古達說：「好，那我們**分工合作**，我去準備直升機，比拉爾去準備爬山的工具，衛斯理準備乾糧、食水——」

我舉手提出**異議**：「乾糧和食水，可以讓比拉爾一併準備。」

奧干古達望着我，「你有別的事要做？」

我沒有直接回答，只問：「你們要準備多久？」

比拉爾說：「有四小時就足夠了！」

「有四小時，我也足夠了！」我說：「我在四小時之後，趕來和你們**會合**！」

奧干古達和比拉爾一同盯着我，奧干古達嚴厲地警告：「**不！不准你到煤礦去！**」

他顯然是從我的礦工服飾看出我打算一個人到一四四

小組的礦坑去。本來，要不是遇上了里耶，又見到了蔡根富的話，我的確已經隻身去 **涉險** 了！

我笑道：「放心，我已經暫時放棄深入礦坑的念頭。現在，**去找蔡根富** 比什麼都重要！」

「那你準備幹什麼？」比拉爾也疑惑地問。

我向上一指，「上面，在蔡根富房間裏那塊眼睛形的煤精。我想趁這四小時，徹底研究一下它！」

「**但願你有所發現！**」他們兩人向我揮着手，我送他們出去，約定了四小時之後，由奧干古達派車來接我，而比拉爾則自己直接去機場，我們打算會合後，一起坐 **直升機** 到山區去。

他們離去後，我回到屋內，走上樓梯，到了二樓。

在那重建的蔡根富的房間門前，我停了片刻，心中十分緊張。

我在想，如果我一開門，那煤精就**直三撲**過來，硬要嵌進我的臉，那時我該怎麼辦？一想到這裏，我渾身感到**不寒而慄**。

第十三章

「眼睛」是活的！

我鼓起勇氣，推開了門，在推開門的一刹那，我不由自主伸手保護着自己的臉。謝天謝地，房間裏很平靜，並沒有什麼東西侵襲我。

我定了定神，走進房間，來到書桌前，打開左邊小櫃的櫃門，那塊 煤精 仍靜靜地躺在櫃中。

　　我懷疑這東西能嵌進人的臉部，使人變成 ，所以心中十分緊張，伸出手去又縮回來好幾次，才硬着頭皮將它取了出來，放在桌面上。

　　我坐下來，開了桌燈，照着那塊煤精。

　　這時我更加肯定，嵌在蔡根富臉上的東西，和這煤精**一模一樣**！

這根本是一隻巨大的眼睛，「眼白」是棕色的，「眼珠」烏黑，和蔡根富臉上的那隻一樣。所不同的是，在蔡根富臉上的那一隻，眼珠中閃耀着一種**妖氣**。

我雙手拿起煤精，仔細察看那個直通向「眼珠」的小孔，心中在想：如果這個小孔是蔡根富弄出來的，那麼他的目的是什麼呢？想從「眼珠」裏抽出什麼來？還是想「殺死」這東西？難道他發現這東西是活的？

我一面想，一面找到了一柄**錘子**，無論如何，我要把它弄碎，看個究竟。

我開始輕輕地敲着，那塊煤精絲毫無損，接着我用力鎚下去，那塊煤精發出了一下清脆的碎裂聲，裂了開來。當它裂開之後，我實在不能再稱它為煤精，而必須稱之為**「那東西」**了！

那東西有一層殼，約半厘米厚，被我用錘子敲碎後，

流出一種濃稠的透明液體。

我登時嚇了一大跳，唯恐被那種液體**沾染**我的皮膚，立即向後一仰，幾乎連人帶椅跌倒在地上。

那些透明的濃液迅速在桌面上瀉開，就像打翻了一瓶「**水玻璃**」一樣，而那「眼珠」亦隨濃液滾了出來。

當看到那些液體漸漸凝結成**果凍**一樣，我也冷靜了下來，更壯着膽子，找來一個玻璃瓶，用一把直尺挑起了一些，放進玻璃瓶中。

然後，我又用直尺將那顆「眼珠」撥到地上，用腳踏住它，搓了幾搓。

那看來像是煤塊一樣的「眼珠」，質地竟如堅韌的**橡膠**，異常古怪。

我又找來一個盒子，將那「眼珠」裝起來，也撥了一兩片硬殼進盒子中。然後，我回到樓下，將盒子和玻璃瓶一起放在當眼的地方，準備一有機會，就交給設備完善的**化驗所**去檢驗，看看那究竟是什麼東西。

做完這一切，並沒有花去我多少時間，大約只是半小時。過去幾天我被這件怪事弄得**頭昏腦脹**，沒有好好休息過，我於是坐在沙發上，閉起眼睛，稍事休息

一下。由於太疲倦了，沒多久，我已 **迷迷糊糊** 地進入了半睡眠狀態。

而突然之間，我被一種怪異的聲響驚醒，那聲音相當難形容，是一種「**噠噠**」聲。正當我想撐起身子來，看個究竟之際，突然又響起一下驚呼聲！

那一下淒厲的驚呼聲，使我整個人 **跳起** 。我知道屋中除了我之外，只有一個僕人，而當我跳起來之後，首先看到的，就是那個僕人，在呆站着，低頭望向地下。我第二眼看到的，是為數大約十多隻「那東西」，正在地上 **緩慢地前進** ！

它們前進的方式是先將身子弓起，然後放平，像是某種毛蟲一樣，當它們的身子放平時，就發出「噠」的一下 **撞擊聲** 。

當我看到它們時，其中兩隻已經「爬」上了那僕人的

腳背。那僕人 **雙腳** 猶如釘在地上，儘管身子發着抖，雙腳卻一動也不能動。

我知道那僕人已經被嚇呆了，因為此刻我也一樣給嚇呆！

當我可以定過神來之際，大約已過了半分鐘，最初爬上那僕人雙腳的兩隻「那東西」，已經來到他的大腿，而另外有更多的爬上了他雙腳。

我大叫道：「**抓下來！把它們抓下來！**」

但見僕人一臉絕望和無助的神情，完全不懂反應。

我一面叫着，一面向前走去，才走出了一步，就被地上不知什麼東西絆跌了一跤。

當我跌倒，雙手撐地時，「噠」的一聲，一隻「那東西」剛好放直它的身子，離我 **鼻尖** 不會超過十厘米，只要再多「爬」一步，就可以貼到我的臉上了！

我大叫一聲，順手抓到什麼，就向着「那東西」重重敲了下去，同時身子向旁滾開。

在我用力打擊下，「那東西」像氣球一樣，「啪」的一聲被我拍破了。

我一躍而起，這時才看清，被我順手抓起的，是比拉爾放在茶几上的一部相機。而「那東西」被我拍破之後，流出了濃稠的液汁。

我再去看那僕人，見到有兩隻「那東西」已經來到了他的胸口，嚇得他雙眼〇〇凸出。我正準備撲過去幫他時，突然傳來一下叫聲，同時還響起了槍聲！

槍聲響了又響，每顆子彈都射中一個已經爬上了僕人身體的「那東西」，但子彈穿過「那東西」的同時，也穿過了那僕人的身體。

那僕人當場倒地死去，可是槍聲還在繼續，射向其他並未爬上僕人身體的「那東西」，每一隻「那東西」被子彈穿過後，都流出濃稠的透明液汁。

　　直到槍聲完了，我轉過身來，才看到拿着手槍、槍口還在　冒煙　的奧干古達。

　　奧干古達臉色灰白，手指一鬆，那柄槍就跌在地上，然後他急速地喘起氣來。

　　就在這時，我想起了一件事，不禁大聲叫了出來：

「**蔡根富是無辜的！**」

　　奧干古達呆呆地點着頭，「是，他……是無辜的。他並不是想殺人，只不過是——」

　　他講到這裏，不必再説下去，我和他都明白：蔡根富當日在一四四小組的礦坑裏，用高壓水力採煤機殺了二十三個人，他實在不是殺那些人，只不過想殺那些爬在人身上的「那東西」！

　　不過，在礦工死了之後，和道格工程師等人到來之前，那一百零六隻「那東西」應該已和礦工同歸於盡了，

為什麼蔡根富還用**水柱**射向道格工程師他們呢？

我想不通這一點之際，奧干古達看清楚四周的情況，突然質問我：「天！你究竟做了什麼？」

「我只不過**敲破**了那東西而已，你看，我還留起了一點，在那玻璃瓶中……」

我向那放在當眼處的**玻璃瓶**指去，卻發現玻璃瓶中那些本來已凝結成果凍狀的液體，此時竟變成了一隻「那東西」，正在蠕動着，看樣子想拚命擠出玻璃瓶來！

我頓時明白為什麼會有那麼多「那東西」出現，它們竟然像細胞一樣，會**分裂繁殖**，並且快速成長！它們是從樓上那些濃稠液體，快速分裂繁殖，然後爬下來的！

現在，我和奧干古達都看到，地上的一些液汁，又開

始凝成了 一團一團 ，顏色也從透明漸漸變成了深

棕色！

　　一看到這樣的變化，我和奧干古達都大叫了一聲，他還

拉着我直奔出去，喊道：「**車房裏有汽油！**」

　　我知道奧干古達準備幹什麼，也絕對同意他的決定，

於是用 **最快的速度** 奔進車房，一人提了一桶汽油

回來。

這時，凝聚成一團一團的東西已變成了深棕色，中間開始現出一團黑色的東西，顯然在生出眼珠來。

我們將汽油淋上去，退出屋外，用打火機打着火，然後連打火機一起拋進去，隨即「轟」的一聲，烈焰燃燒。我們匆匆上了車子，駛出一百米左右，才停下車來，望着屋子。

此時濃煙和 **烈火** 已從窗口冒出，鄰居也發現了失火，有很多人奔過來看。

我和奧干古達互望着，各自苦笑，只希望大火能夠 **徹底消滅** 那種東西。沒多久，消防車也來了，當

消防員跳下車來，準備救火時，奧干古達連忙 喝止：「不要撲救，讓它燒！」

　　由於奧干古達在這個國家的地位甚高，所以也沒有人敢提出異議來。

第十四章

奧干古達的異動

火足足燒了一小時，才逐漸減弱下來。奧干古達的豪華住宅，只剩下了一個空殼。

他望了我一眼，低聲道：「它們完了？」

我聳了一下肩，「要去看看才知道，可是現在還未能進入火場。」

奧干古達吩咐消防員向屋子射水，又過了半小時，我和他一起穿上消防員的裝備，進入了 火場 。

這場火燒得極徹底，屋內幾乎什麼也沒有剩下。

我們仔細看屋中的一切，直到肯定完全沒有「那東西」的蹤迹，才算是鬆了一口氣。

這時比拉爾來電**催促**，我和奧干古達決定繼續原定的計劃，到機場與他會合。

前往機場的途中，我們和比拉爾透過手機的揚聲器保持通話，我將剛才發生的事情經過，告訴了他。

比拉爾說：「要不是奧干古達恰好趕來，你⋯⋯只怕也⋯⋯」

「對。」我 **不由自主** 打了一個冷顫，問他：「奧干古達，你怎麼會忽然回來？」

奧干古達苦笑道：「我自己也說不上來，我安排好了 **直升機** ，時間還有多，又總覺得有點不放心，所以就回來看看，誰知一進門就看到了如此可怕的情景⋯⋯」

比拉爾叫了起來：「**那東西究竟是什麼？**」

我說：「在未有進一步資料之前，我們只好稱之為一種不知名的生物！」

奧干古達卻說：「怪物！」

我苦笑道：「別忘了，或許這種生物和人結合，就是你們所崇拜的大神！」

奧干古達連忙澄清：「我們並不崇拜維奇奇大神，只是恐懼，因為維奇奇大神是 **災禍之神**，會帶來種種人力無法預防的災禍！這種恐懼，不知多少年來，深入人心！」

到達機場會合後，直升機由我駕駛，我照着地圖一直往前飛，沒多久，我們已到了 **連綿不斷** 的山嶺上空。據奧干古達說，在直升機降落後，還至少有一日行程，那是極其艱苦的旅程。

　　我注視着窗外，下面起伏的山嶺無窮無盡，向四面八

方伸延開去。整個維奇奇山脈，幅員極廣。我想起了當地

土人的傳說：整個山脈，全是維奇奇大神創造的！

　　沒多久，我們飛越過一個在山中的**大湖**，從上面

看下去，大湖的湖水極其平靜。

　　直升機繼續向前飛，飛了好一會，我們已經在密密層層的山巒中間，向 **四面八方** 望去，除了山之外，什麼也見不到。

　　我問奧干古達，上次他是怎麼在這樣的崇山峻嶺中，找到那個山洞的，可是我問了兩三次，他都支支吾吾的，沒有直接回答。

　　我根據奧干古達給我的 **地圖** 所示，開始慢慢低飛，找到一個比較平坦的山頭，停下了直升機。

　　我跳下了直升機後，舉目所見，附近的山形十分奇特，長滿了 **大樹**，無路可走。比拉爾忙着將他準備好的裝備和食物搬出來，我和奧干古達各自背了一些，並用鋒利的刀開路，向山下走去。

　　到了半山，奧干古達指着一個長滿了灌木的方向説：

「」

比拉爾疑惑地問：「上次你也是經這裏去的？」

奧干古達不出聲，只是用力揮着利刃，斬去路上的灌木開路。我和比拉爾互望了一眼，彼此都感到奇怪，不明白奧干古達為何變得 **支吾其詞**。

我和比拉爾只好跟着奧干古達，一直走了幾個小時，才在一道 **山溪** 旁停了下來，一面休息，一面進食。

這時候，我更感到奧干古達的神態和以前有所不同，他有意遠離我們，自己一個靠在山溪旁的一塊 **大石**。

比拉爾忍不住問：「奧干古達，你到底怎麼了？在團隊中，坦誠最重要！」

奧干古達聽到比拉爾這樣直接的責問，低頭了一會，才說：「我沒有什麼事瞞着你們，**真的沒有**，只是⋯⋯離目的地愈近，我心中的恐懼⋯⋯就愈甚！」

　　我和比拉爾又互望了一眼，都不再生奧干古達的氣了，反倒同情起來，認為奧干古達受傳統信念所影響，因此心理上產生了 **恐懼**，而變得精神恍惚。

　　比拉爾沒有再責問下去，我們休息了一小時，又繼續前行，愈向前走，四周圍的環境愈是荒涼。

當晚，我們在山中露宿，輪流值夜。我被安排在最後一班，而比拉爾最先輪值。

我是接奧干古達的班，但時間還未到，我已經被一種細微的聲音弄醒。

起初我以為那是風聲，但凝神細聽，卻不像風聲，更像是有人在哭泣！

山裏怎會有人在哭？比拉爾就在我身邊，只有奧干古達在帳篷外面，難道，在外面哭泣的人就是奧干古達？

我看了看手表，離我輪值的時間不足四十分鐘，反正已經睡夠了，我沒打算再睡，便悄悄揭開了帳篷，向外看去。

那時天色十分黑，我只能勉強看到奧干古達距離我大約二十米，身子伏在一棵大樹的樹幹上，背對着我。

他的背部在抽搐着，而那種哭泣聲，正是從他那邊傳來的！

我心中感到疑惑，奧干古達給我的印象，是個極其能幹、自信、堅強的人。我實在想不到他竟然也有如此軟弱的一面，會在晚上一個人偷偷地哭。

我猶豫着該不該走過去慰問他，事實上，奧干古達所發出的哭泣聲也極其**低微**，要不是

山野間如此寂靜，而我又剛好睡夠的話，也不容易聽見。

奧干古達維持那樣的姿勢，伏在樹上許久，才突然移動了一下身體：他先將身子挺直，然後退後了兩步，再整個人伏在地上。

我依然**一聲不響**地看着他，只見他伏了片刻，雙手突然揚起，上身也跟着揚起，然後雙手又緩緩地按在地上，那顯然是一種**宗教崇拜**的儀式。

他連續做了六七下這樣的動作後，又發出一陣嗚咽聲來，並**喃喃自語**。

由於我和他之間距離頗遠，所以聽不出他在講些什麼，只感覺到他的語音十分**痛苦**，説的應該是當地的土語。

又過了幾分鐘，奧干古達直起身子，變成直挺挺地跪在

地上，仍然是背對着我。

他做了一個十分奇特的動作：他低下頭，拉開衣服，像是在察看自己的胸口，而且還用一隻手向自己的胸口按了一按，接着發出一下低沉而痛苦的呻吟聲。

這呻吟聲把我嚇了一大跳，我可以肯定，奧干古達一定正在遭遇着**極度的困難**，才會發出這樣沉痛的呻吟聲。

同伴有困難，我當然要設法幫助他，所以我決定走出去問個究竟。

但就在這時，情形又有了變化，奧干古達霍地站起，我看到他雙手緊捏着拳，揮動起來，像是在他面前，有着一個什麼**極其兇惡的敵人**一樣！

第十五章

巨大無匹的壁畫

奧干古達突然揮動拳頭，使我以為他要 **攻擊** 什麼

敵人。但我很快就發現，原來他是在跳舞。那是一種舞姿

十分奇特的舞蹈，動作誇張而簡單，極有原始風味。

我看到了這情境，心中有點啼笑皆非，實在不知他在

搞什麼鬼。

他跳舞時，身子不時 **旋轉** 過來，但由於距離太

遠，天色又太黑，我看不清他臉上的神情。不過從他的舞

蹈動作可以看出，他是愈跳愈輕鬆，口中還**哼**着一種節奏十分古怪的曲調。

我不禁覺得好笑，心想非洲人到底是非洲人，半夜三更跪拜完一輪，然後輕鬆地跳舞，或許是他們的傳統。

一想到這一點，我就沒有再看下去，於是退回**帳篷**內裝睡，當作什麼也沒看到。

過了十多分鐘，奧干古達回來了，搖着我的身子，壓低聲音說：「**輪到你了！** 外面很靜，什麼事也沒有！」

我一面答應着，一面假裝 **打呵欠** ，披上一件外衣，就走了出去。

我在剛才奧干古達伏過的地方，以及那株樹前，停留了片刻，卻沒發現什麼特別的地方。

等到天亮，比拉爾先醒過來，奧干古達跟着也醒了。比拉爾 **生火** 煮早餐，奧干古達看來完全沒有異樣，我也將事情放過一邊，沒有和比拉爾講起。

用完了早餐，我們繼續上路，奧干古達在前面揮着刀開路，我和比拉爾跟在他後面。

比拉爾好幾次像是有話要對我說，卻沒有機會開口，直到他拉着我，故意 **拖慢腳步** ，距離奧干古達足夠遠的時候，他才在我耳邊低聲說：「衛斯理，你不覺得奧干古達有點古怪麼？」

我愣了一愣，「你發現了什麼？」

「你看這裏，根本沒有**路**，也從來不像有人經過。」

我吃了一驚，「你説他根本沒有到過那個山洞？」

「或許根本沒有那個山洞！」

我更加吃驚：「那麼，他想帶我們到哪裏去？」

就在這個時候，奧干古達忽然**大叫一聲**：

「你們快來看！」

　　我和比拉爾立時中止談話，一起向前奔去，看見奧干古達的神情極其興奮，他指着前面的一片峭壁説：「看！你們看！」

　　循他所指看去，只見那峭壁**高聳 入雲**，怪石嶙峋，石角上掛滿了山藤，蔚為奇觀。在奧干古達手指之處，有一道相當**狹窄**的山縫，看起來十分深。我便問：「就是這個山洞？」

　　「不！」奧干古達解釋道：「從這條通道穿出去，才見到那個山洞。」

　　他神情十分興奮，**大踏步**向前走，到達山縫口時，他毫不遲疑就走了進去。我和比拉爾向山縫內看了一下，裏面十分**黑暗**，而奧干古達轉眼已經走得不見蹤影了。

　　我一面走進去，一面叫道：「奧干古達，你為什麼不打開電筒？」

奧干古達回答道：「這裏沒有岔路，直走就行！」

但我和比拉爾還是打開了強力電筒，向前照着，立即見到奧干古達前行的 **背影**。

我們在這山腹的通道中，行進了大約四十分鐘，前面突然有一些光，並非出自我們的電筒。而奧干古達一看到那些光線，就興奮地歡呼着，疾奔過去。

　　山腹之中何以忽然有 **光** ，我實在感到莫名其妙，只好加快腳步追上去。

　　當奧干古達整個人暴露在光線之下時，我看到他舉起雙手，整個人伏下來，手掌抵在地上，顯然又在做膜拜的動作。

　　這時候，我已經看清，這是一個極大的山洞！

這山洞呈圓形，**圓周** 至少有三百米，洞頂是一個圓周約一百米的口子，直通向山頂，陽光就是從那口子射下來的。

當我向山洞四壁看去，更是 **蔚為奇觀**！

山壁是斜斜向上的，直到山頂的圓口，足有一百米上下高，平滑無比，而且畫滿了畫！

如此巨大的 **壁畫**，把我完全震懾住，雙腳像是釘在地上一樣，絲毫移動不了。我深深吸了一口氣，首先看到的，是在山洞壁上，畫了一隻巨大無匹的「眼睛」！

那「眼睛」打橫伸展，至少有五十米，深棕色的「眼白」，黑色的眼珠，雖然是畫在山洞壁上的，卻有着一股 **異樣的妖氣**。如今奧干古達伏身處，頭部正對準了那隻巨大眼睛的「眼珠」！

這巨大的「眼睛」，就是我見過的「那東西」，只不過 **放大** 了幾百倍。奧干古達看到了這樣巨大的維奇奇大神畫像，忍不住向其膜拜，也是自然而然的事。

我聽到比拉爾來到我左後方，發出濃重的喘息聲，可想而知他 **吃驚** 的程度，不在我之下。

這時候，我的視線開始從那隻巨大的「眼睛」慢慢地向左移，隨即看到一個 **十分奇異的景象**。

那是用黑白兩色組成的，看上去，那奇異的景象似是一團異常強烈的光芒，有一大群人仰頭望着，卻又以手遮額。

我可以肯定，畫中的那些人，全是當地的土人，他們全是黑人，而且闊鼻的特徵也十分明顯，身上只圍着獸皮。

至於那一大團光芒，呈 **橄欖形**，自天而降，不知道是什麼。

　　我再向左看去，看到許多人，全像奧干古達如今這樣的姿勢，**伏在地上**。在他們面前，是一隻巨大的「眼睛」。再向左，所有人仍然伏着，但有一個人站在他們面前。

　　我一望到那站着的人，立時不由自主地吸了一口氣，因為那人臉上只有打橫的一隻眼睛，和我見到過的蔡根富 ！

　　我吞了一口口水，再向左看去，比拉爾剛好擋住了我的視線，他仍然目瞪口呆地望着那隻巨大的「眼睛」。

我不理會他，視線在他身上掠過，繼續去看壁畫。壁畫的另一組，是那個臉上只有一隻大眼的人，坐在一張用樹枝紮成的 **大椅子** 之上。周圍的人，姿勢都十分怪異，不過我對這種怪異姿勢一點也不陌生，因為昨晚我就看到過奧干古達用這種方式跳舞！

我再緩緩轉動身子，視線來到那巨大「眼睛」對面的那一組壁畫，我不禁呆住了，因為我看到許多個臉上只有一隻打橫眼睛的人，那些人都是黑色的，看來全是土人，為數極多，畫得很精細，**密密麻麻** 地擠在一起。

那麼多的巨眼怪人，看起來像是正在 **拼命** 湧向前去，而且每一個都張大了口，似在大聲呼叫。

我的視線略向左移，看到在那許多巨眼怪人奔出的地方，是一大團光芒。

　　我急急再轉動身子，向左看去，看到的情形更令人駭異，我看到那團 **光芒** 射出許多白色的光線來，每一條光線都射向一個巨眼怪人，而且都恰好射在那隻巨眼之上！

　　我看得目瞪口呆，這種情景，分明是一場戰爭！

第十六章

如果那是一場**戰爭**，其中一方是巨眼怪人，那另一方是什麼？是射出無數光線的那團光芒嗎？但那團光芒又是什麼？

我繼續向左看去，看到的情景更加駭人，只見一大片山野泥漿翻滾，像是**地動山搖**，一大團一大團的濃煙直冒上天空，四周已經看不到有人，只看到那團光芒已升高。

我呆了片刻，再轉左去，看到那團光芒顯得更小，

位置更高，似是正在離開；而地面上已回復平靜，山嶺起伏，**延綿不絕**。

　　我再轉過去，又回到那隻巨大的眼睛，表示我已經看完了山洞中每一組的壁畫。

　　比拉爾還是愣在那裏。奧干古達仍伏在地上，身子微微發着抖。而我的腦裏則一片混亂。

如此巨大而精緻的 **壁畫**，是什麼人留下來的呢？奧干古達曾提及過，這裏的壁畫是 **維奇奇大神** 留下來的。但這一連串的壁畫到底想説明些什麼？我實在一點頭緒也沒有。

就在我沉思着的時候，比拉爾終於定過神來，學着我剛才那樣，慢慢地向左邊轉，把洞壁上一組組的壁畫全部看完，然後驚叫道：「天！那是一場 **不可思議** 的戰爭！」

我也有同感，「不錯，戰爭的一方是——」

比拉爾未等我説完，就搶着道：「是許許多多的維奇奇大神！」

「但從圖上看來，**戰勝** 的一方不是維奇奇大神。」

比拉爾點頭道：「你看這一組，分明是發生了地震，濃煙直冒，地面 **四分五裂**，泥漿湧出！」

「是的，那是一場大地震。而在地震之後，所有維奇奇大神好像突然消失了，而那團光芒也像完成了任務般離去！」

比拉爾的神情十分疑惑，「但那麼多的維奇奇大神，全到了哪裏去呢？」

此話才一出口，突然有一把聲音接上道：「我們全到了地下，**被壓在地底深處！**」

我和比拉爾大吃一驚，連忙循聲看去，看到奧干古達這時已經站了起來，神情十分異樣地望着我們。山洞中除了我們三人之外，並沒有別的人，剛才那句話自然是他講的。

奧干古達一面向我們走來，一面仍不停説：「在地底深處，**壓在地底深處！**」

我不禁大叫：「你在説什麼？你是什麼人？」

我感到奧干古達像是變了另一個人，十分 **陌生**。

奧干古達咧嘴一笑，「你們這些移居體，不會認識我！」

我驚駭得後退了一步，「你叫我們什麼？」

「**移居體！**」奧干古達提高了聲音。

我回頭向比拉爾望了一眼，他的神情比我更疑惑，面色慘白，**呆若木雞**。

我只好直接問奧干古達：「移居體是什麼意思？」

奧干古達笑了起來，雙手抓住自己胸前的衣服，用力一拉，上衣的鈕扣應聲脫落，露出了胸膛。

一看到他的胸膛，我的腦子像被 **雷擊** 一樣僵住，同時聽到身旁的比拉爾發出了一下驚叫聲。

我們眼前所見，奧干古達的胸口上，竟然生着一隻巨眼，「眼珠」還在 **閃閃生光** ！

我頓時感到一陣昏眩，身子搖搖欲墜。而我明白「移居體」是什麼意思了，就是我們這些——用來被「眼睛」佔據的人！

「眼睛」移動的方式相當 **笨拙** ，我見過它們像毛蟲那樣一下一下地弓着身子前行。但利用了我們的身體作為「移居體」後，它們就可以和人一樣地行動了，而且還可以使用一切人的 **器官** ，例如這一刻，對我們講話的，根本不是奧干古達，而是他胸前的那隻眼睛！

　　奧干古達笑了起來，伸手抓向我的左臂。我的左臂一被他 **捏住** ，頓時失去了感覺，整條手臂像是不再存在一樣。幸好我反應極快，立時 **舉腳一踢**，重重地踢向他的腹部。

　　奧干古達發出了一下怪叫聲，聲音在山洞中激起了轟然的回音，聽來令人毛髮直豎。

他被我踢得向後倒。但是我由於太過驚駭，無法站穩身子，自己也跌倒在地上。

我才一倒地，就**慌忙**叫道：「比拉爾，拿石塊砸他，別碰他的身體！」

眼睛怪物有一種力量，可以使人的肢體**喪失**感覺，這一點我從蔡根富和奧干古達身上都領教過。

可是，此刻比拉爾真的嚇呆了，他聽到我的叫喚，卻不懂反應。

就在那一瞬間，奧干古達站了起來，胸前那隻怪眼的「眼珠」不斷變幻着色彩。我不知道那代表了什麼，但絲毫不敢**怠慢**，立即一躍而起，雙足再一起向他踢去！

這一次，我用的力道更大，奧干古達才一站起，又被我踢得仰天跌倒。我一落下來，**迅速**就趕過去，

伸腳踏住了奧干古達的胸口，鞋子正踏在他胸前那隻「怪眼」之上。

我們是 **爬山越嶺** 而來的，所穿的爬山鞋鞋底有釘，當我的鞋子一踏上去之際，奧干古達隨即發出可怕的呻吟聲來，並劇烈地掙扎着。

我迅速摸出一柄小刀，等到奧干古達掙脫躍起的時候，手中小刀瞄準了目標，飛射而出，**不偏不倚** 地插進了那隻怪眼的「眼珠」之中！

奧干古達慘叫一聲，跪跌在地上，先低頭向自己的胸口看了一眼，又向我和比拉爾望來，臉上現出十分疑惑的神情喃喃道：「這是怎麼一回事？為什麼你們不怕我？不服從我的命令……這……有點…… **不對頭** ……」

他沒有說完，整個人就已經倒了下來，仍然睜着眼，卻一動也不動。

比拉爾直到這時才發出一下 。我沒工夫理會他，連忙走到奧干古達的身邊，觀察他胸前那隻「怪眼」的情況，看見小刀正正插在「眼珠」之上。

那「眼珠」本來閃耀着妖異的光彩，但這時看來只像一塊普通的 煤塊 ，亦不見有什麼液汁流出來。

比拉爾略定了定神後，來到了我的身邊，顫聲問：

「💀死了麼？」

這個問題我不知道該如何回答才好，他是問那怪眼死了，還是問奧干古達死了麼？

我將手指放在奧干古達的鼻孔前，發現他還有呼吸，脈搏也在跳動，他沒有死！

要是他沒有死，那麼「**怪眼** 」死了麼？我們該不該把它弄出來？可是弄出來之後，奧干古達的胸口會變成怎樣？會留下一個 **大洞** 嗎？胸口有着這樣的一個大洞，他還能不死？

我們一時間 **手足無措** ，呆站了好幾分鐘，突然看到奧干古達開始眨眼，手也在地上撑着，慢慢坐了起來。

我和比拉爾不由自主地後退了一步。只見奧干古達坐起來後，以一種十分 **奇異的目光** 向我們兩人望了一眼，然後又低頭向自己的胸口看去，頹然道：「你們終於發現了？」

我和比拉爾互望了一眼，感覺到此刻和我們説話的奧干古達， **和剛才不同** 。如今這個奧干古達，是

真正我們認識的奧干古達！我連忙說：「奧干古達，你先鎮定一下，剛才發生了很多事，我會講給你聽。現在你覺得怎麼樣？」

奧干古達掙扎着站了起來，**伸手** 想去拔出插在胸口上的小刀，我立即勸止：「等一等，先別將刀拔出來！」

奧干古達遲疑了一下，縮回手來，同時，又以極驚訝的神情看着山洞四周，特別是那些 **壁畫**，神情像是剛走進這個山洞一樣。

他一面看，一面叫道：「就是這個山洞！就是這個山洞！」說着又深深吸了一口氣，向我們望來，「自從我身體發生變化之後，我就有一種 **強烈的感覺**，知道這個 **傳說** 中的山洞一定存在，而且，我知道這個山洞的所在處，可以找到它！」

我不禁駭然，「你在說什麼？你不是告訴過我們，你 **曾經** 來過這裏，而因為種種的原因，所以才沒有對外公布嗎？」

「是麼？我這樣說過？」奧干古達神情極其迷惘，我於是引導他：「你將事情 **從頭說起**，你胸口的變化，是在什麼時候發生的？」

奧干古達呆了一會，走到靠近洞壁的一塊 **大石** 上，坐了下來。我和比拉爾也跟着他走了過去，只見他苦苦追憶了一會，才說：「那一次，我和比拉爾一起在礦坑那個通道中，硬將你拉出來，你記不記得？」

「當然記得!」我説。

「那時我的胸貼着通道底部,當我退出來時,有一刹那,我全身好像喪失了 **知覺** 一樣,但只維持了極短的時間,接着也沒有什麼異樣,只是思緒開始有點紊亂起來。」

「是的!你忽然堅決 **放棄** 一切追查!」

奧干古達像是沒聽到我的話,繼續説:「當天回去,我在洗澡時,才發現自己的胸口……」

他講到這裏,聲音變得異常苦澀,難以再講下去。

第十七章

胸口長了一隻怪眼

任何人 **忽然之間** 發現自己胸口多了一隻巨大的怪眼，都會震驚莫名。

奧干古達說：「當時我的思緒很混亂，一方面想告訴你們，可是一方面又覺得萬萬不能說。同時，我又想到了許多以前絕未想到過的事，例如這個 **山洞** ，我強烈地感覺到它的存在，而且自己好像曾經到過這裏！」

我不由自主吸了一口氣，

分析道：「這東西侵入了你的身體後，

再慢慢佔據你的思想！」

「直到你殺死了這怪眼，我才找回了自己？」奧干古

達迷惘地問。

「看來是這樣。」我說：「你快看看這山洞中的壁

畫，它好像在敘述一場戰爭！」

奧干古達立即一組組壁畫看過去，

點頭道：「是，是一場戰爭！而戰敗的

一方是⋯⋯維奇奇大神！」

「剛才你還被怪

眼控制的

時候，說了一句：『我們全被壓在地底

深處！』」比拉爾說。

根據壁畫的描述，那些怪眼的確全被壓在地底，看來當時發生了一場 **大地震**，地面上的一切全被壓到了地底去。

當地土人的 **傳說**，不會全無根由，維奇奇大神代表了災禍，指的就是那場大地震，而整個維奇奇山，其實也是大地震所形成的。

地震還將原來的 **森林** 壓在地底深處，變成了如今豐富的煤礦。而當時戰敗了的那些怪眼，全壓在地底，經過了不知多少萬年，直到樹林變成了 **煤**，它們居然一直沒有死，直到一四四小組開採礦坑，到了他們埋身之處，才將他們又發掘了出來！

我講出以上的推斷時，比拉爾不由自主地望着山洞裏的牆壁，好像擔心這裏也藏着不少 **維奇奇大神** 一樣。他突然「咦」的一聲，指着牆壁上的一塊大石。

我和奧干古達都嚇了一跳，我說：「什麼事？別告訴我，這裏也藏着怪眼！」

我們循他所指看去，發現那塊大石的表面有着明顯**裂痕**，本來也沒有什麼特別，但是裂痕裏好像有閃閃生光的東西。

我們互相交換了一個眼神，然後比拉爾取出了一柄**小刀**，嘗試把裂痕撬開，而我和奧干古達也各自找了一些合用的工具去幫忙。

那裂痕附近的**石頭**，竟然如石膏一樣鬆軟，我們花了沒多久，就把表面的附着物撬去，內裏竟然是一個每邊都有八十厘米的銀白色金屬體！

　　這個四四方方的 **金屬體**，像個大箱子，表面非常平滑，而且十分輕，那麼大的一塊，我一個人可以將之抱起來，重量只有約三十公斤，大約是一個六歲小孩子的重量。

　　我們花了不少時間去 **研究** 這個金屬體，卻沒有任何結果。

當晚，我們胡亂吃了點 **罐頭食品** 後，已經疲倦不堪，相繼入睡。

大抵在午夜時分，我突然被奧干古達搖醒，看見他神情恐懼地說：「**你聽！**」

我聽到一陣陣的鼓聲，和一種音節單調而有規律的呼喝聲，正隱隱地傳過來。這時比拉爾也醒來了，他也聽到那種聲音，問道：「這是什麼聲音？」

奧干古達說：「這是 **慶祝** 維奇奇大神來臨的鼓聲和歌聲。」

我登時吸了一口氣，「蔡根富來了！」

比拉爾緊張道：「我們該怎麼辦？聽起來，他們不止一兩個人！」

的確，那種 **呼喝聲**，至少是幾百人在一起才能發得出來，我着急道：「收起我們的東西！」

我們於是急急收起東西，弄熄了 燈火 ，並找到一個可以隱藏我們三人的地方，蹲在一堆大石塊後面。

才躲起來不久，我們就看到 火把 的光芒閃耀着，不一會，第一根火把已經閃進山洞來了。

舉着火把的，是一個土人，看他的裝束和神情，是屬於深山之中，還未接受過文明 薰陶 的那一種。

同類的土人一個接一個走進來，每人手中都舉着一根火把，山洞裏愈來愈 明亮 。當進來的土人達到將近一百人之際，忽然洞裏洞外同時響起了一下呼喝聲。

那一下呼喝聲突如其來，我們三人都嚇了一大跳，只見洞口又進來了兩個人，而唯獨這兩個人手中是沒有拿着火把的。

那兩個人距離我們藏身的大石塊約三十米，我們能看到兩人的模樣，**一男一女**，男的是黃皮膚，女的膚色則十分黑，正是蔡根富和花絲！

但令我震驚的是，這時花絲變得和蔡根富一樣，原來的眼睛不見了，換成一隻打橫的大眼睛！在火把光芒的照耀下，她怪眼中的眼珠，和蔡根富怪眼中的眼珠，都閃耀着 **奇異的光芒**。

我因為曾見過蔡根富被怪眼侵入後的樣貌，所以雖然連花絲也變成了這樣，給我的震驚，不如比拉爾和奧干古達心中的十分之一。我感覺到他們兩人在 **竭力** 壓制着自己不要叫出來，身體 **顫抖** 得異常劇烈。

在蔡根富和花絲之後，還跟着一隊披着  獸皮

和彩色羽毛的土人，像是一隊儀仗隊。他們一手舉着火

把，另一手執着武器，使我心中一驚，我絕不敢輕視那些

土人手中的 原始武器 ，尤其當他們的人數如此

之多的時候。

在那隊「儀仗隊」後面，是四個抬着 大皮鼓 的

鼓手，四個人蓬蓬地敲着鼓，鼓聲在山洞中響起的回音，簡直 **震耳欲聾**。

在鼓手之後，又是一百多個高舉火把的土人。

那些人的目光，全都集中在蔡根富和花絲身上，從神色看來，他們已經將蔡根富和花絲當作「 神 」來看待了！

等到所有的人全進了山洞之後，鼓聲停止，只剩下火把上發出來的劈劈啪啪聲。

蔡根富和花絲兩人頭部緩緩轉動，四面打量着山洞中的情形，然後蔡根富首先開口：「我們終於又回來了！」

花絲接着道：「是的，回來了！」

他們回來了！那表示，**怪眼** 👁 是從這個洞中出去的！

蔡根富和花絲兩人在各自講了一句話之後，蔡根富留意到那塊我們研究了很久的金屬體，便走過去，當作站台踏了上去。

就在這時，我感覺到旁邊的奧干古達身子動了一動。當我回頭向他望去之際，發現他神情激動，手中已多了一柄 **小手槍** 🔫，槍口對準了蔡根富和花絲，準備動手！

第十八章

殘酷混戰

奧干古達的神情十分激動，我慌忙按住了他的手，示意不要衝動**開槍**。

我看出山洞裏的土人，對蔡根富和花絲有着一種極度的**崇拜**，也看出蔡根富和花絲已完全被「怪眼」所控制，不知會做出什麼不可思議的事情來！

蔡根富和花絲口中發出一陣極其怪異的**吼叫聲**，洞中所有黑人隨即也瘋狂地一起叫着，那麼多人齊聲呼叫，場面**驚天動地**。

蔡根富和花絲 **呱叫** 了大約三分鐘之久，突然雙手舉起，靜了下來，其餘的人也跟着停止呼叫，但山洞中的回聲仍持續了許久才完全寂靜。

然後，蔡根富緩緩轉過身來，臉上那隻怪眼閃耀着一種 **怪異莫名的光采** 。他突然伸手一指，指向我們藏身的大石，並高聲呼喝了一句。

他所用的語言十分奇特，我正思忖那究竟是什麼語言之際，奧干古達竟突然在 **大石** 後面站起來！

他這種突如其來的行動，令我和比拉爾手足無措。

蔡根富和花絲看到奧干古達後，都立時哈哈大笑起來。而奧干古達竟然 **一步一步** 向他們兩人走過去，同時慢慢地揚起了手中的槍。

就在奧干古達準備 **開槍** 之際，蔡根富和花絲已一起叫了起來。

這一次他們叫的是當地土語，我認得是「殺死他」的意思！

隨着兩人的呼喝聲，過百個土人立即向奧干古達衝過去。而奧干古達亦馬上扳動槍機，**大開殺戒**，可是他那柄手槍之中，能有多少子彈？

槍聲一響，第一個衝向前的土人應聲倒下，但無阻後面的土人，像盲目的**螞蟻**一樣繼續湧上。

我不敢遲疑，馬上催促比拉爾盡他所能逃出山洞去，然後我從大石後面跳了出來，一面叫着，一面衝進土人群中，運用我所能使用的一切**武技**，將身旁的土人踢開、摔開、推開……

我衝向前去的目的，是為了救奧干古達，因為蔡根富和花絲這兩個「**維奇奇大神**」已經對他下了格殺令。

當我好不容易對付了不知多少個土人，終於看到了奧干古達時，他的槍早已射光子彈成了 **廢鐵** 。他正被眾多土人圍住，個個手持尖矛指住了他，而那種尖矛上，毫無疑問塗了當地土人特製的 **毒藥** ，也就是説，奧干古達的生命已經危在頃刻了！

然而，奧干古達忽然用力拉開胸前的衣服，露出那隻「眼睛」來，同時口中發出了 **吼叫聲** ，並且將插在「眼睛」上的那柄小刀拔了下來。

直到這時，我才知道那「怪眼」原來未死，它被我的 **飛刀** 插中後，奧干古達一度像是回復了清醒，但其實「怪眼」只是在詐死！

現在小刀一拔出，奧干古達胸前的那隻怪眼又閃起 **妖異的光采** 來，而奧干古達所發出的那種吼叫聲，也和蔡根富發出的無異！

這時，不但我呆住了，連圍在奧干古達身邊的那些土人也呆住。

他們駭異莫名地望着奧干古達的 **胸口**，不住往後退。奧干古達卻抬頭看着蔡根富和花絲，雙方不斷以一種 **古怪語言** 交談和呼喝着，以神態看來，他們顯然在激烈地爭執着。蔡根富從那金屬體走下來，奧干古達也漸漸向他倆逼近。

眾土人驚駭惶惑，不住向後退開，因為在他們的面前，竟然有三個「維奇奇大神」在發生嚴重的爭執，叫他們 **無所適從**。

我乘着這個機會，用當地土語叫了起來：「出去！所有人全出去！大神有要事商議，再留在山洞者死！」

那些土人也不辨別真假，一聽到這句話，就爭先恐後離開山洞。

蔡根富、花絲和奧干古達三人已經接近到可以碰到對方的時候，奧干古達率先 **出拳** 打向蔡根富，蔡根富立時還手。

接下來的幾分鐘，他們三個人扭打成一團，本來明顯站在同一陣線的蔡根富和花絲，轉眼間也各自為戰。

奧干古達拉住了花絲的頭髮，將花絲的頭拉得向後仰起來之際，蔡根富竟 **撲上去**，咬向花絲的咽喉，而花絲則毫不思索地抬腳踢向蔡根富。

總之，他們的打鬥方式惡毒殘忍至極，像發了瘋一樣，用盡一切手段 **傷害** 對方的身體。

他們對自己的軀體全不顧惜，使我忽然想起出自奧干古達口中的那個名詞：「**移居體**」！

對於他們三個「維奇奇大神」來說，蔡根富、花絲和奧干古達只是三個「移居體」，毫不足惜，就算被撕成了 **碎片**，他們還可以去找另外的「移居體」！

他們的身體已經開始被殘害得不似人形，我已來不及阻止，也無法再看下去了，只好匆匆逃出洞口去，一直來到了那兩道峭壁之間，碰到了比拉爾，才停下來。

「天！你終於出來了！裏面的情況怎麼樣？」比拉爾緊張地問。

「他們打了起來！」我説。

「**他們是誰？**」

我苦笑道：「我不知道他們是誰，只能説他們的『移居體』是蔡根富、花絲和奧干古達！」

「什麼？奧干古達他也⋯⋯」

我點了點頭，「他胸口的怪眼根本未死！」

比拉爾呆住，感到難以置信的樣子，我接着問他：「那些土人呢？」

「像兵蟻一樣湧出來，全走了！」他説。

就在我倆不知該如何是好的時候，山洞裏的打鬥聲**戛然而止**，我和比拉爾不禁互望了一眼。

「難道他們勝負已分？」我深深地吸了一口氣，竭力使自己鎮定，心裏在想，到底誰獲勝了呢？奧干古達是我們的**同伴**，花絲是一個善良而無辜的土人，而蔡根

富更不用説，我答應了老蔡要來救他的。所以，我希望他們三人都 **安然無恙**，然而，那有可能嗎？

我和比拉爾戰戰兢兢地再走進那山洞去，一看到山洞中的情形，我們都呆住了！

我希望見到的結果沒有出現，事情反而朝最壞的方向發展，蔡根富、花絲和奧干古達三人的屍體躺在地上，斷手折足、血肉模糊、**不成人形**。

在蔡根富和花絲的臉上，那隻怪眼已經不見了，留下來的，是一個極深的洞，還在冒着血。而奧干古達的胸口，也只剩下一個 **血肉淋漓** 的深洞，白骨可見！

我只看了一眼，就立時偏過頭去，而我才一轉過臉，就看到地上有一隻 **怪眼**，正在移動着，向我愈移愈近，眼珠閃耀着。

我不由自主地 **尖叫** 了一聲，整個人疾退了一

步，撞到了比拉爾。而比拉爾亦尖叫了起來，叫得比我還要驚恐。

我連忙向他看去，只見他正盯着自己的腳，原來另一隻怪眼的一端尖角，已經搭上了他的鞋尖！

我一躍而起，重重向那隻怪眼一腳踏下去，那怪眼的身子縮了一下，我就拉着比拉爾向前狂奔。奔出了十幾步，再轉過身來，我們看到了一共有三隻怪眼，閃着妖異的光芒，正蠕動着向我們逼近！

第十九章

那三隻怪眼的移動速度並不快，一步一步向我和比拉爾逼過來。

我們不斷後退，直到撞上了什麼東西，回頭一看，原來是那塊本來包在石中的大金屬體。

為了躲開那三隻大毛蟲也似的怪眼，我和比拉爾像女孩子跳上椅子躲避老鼠一樣，一起跳上了那塊金屬體上。

　　可是，那三隻怪眼也沿着金屬體的垂直表面向上爬來！我和比拉爾眼睜睜地盯着它們逐漸逼近，我們快將成為怪眼的「**移居體**」了！

　　眼看三隻怪眼還差兩步就爬到金屬體的最高處，卻就在這時，那個金屬體突然發出了「**滋**」的一聲，接着「啪啪啪」三下聲響，那三隻怪眼便應聲掉落地上。

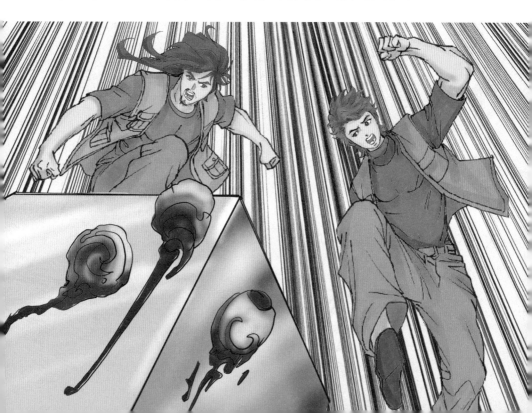

三隻怪眼落地後，移動速度突然快上了幾倍，像逃亡一樣散去，但我們腳下的那塊金屬體，突然射出了三股亮白色的光線，正中三隻怪眼的中心，並且直穿了過去。而它們被那些**白色光線**貫穿後，便一動也不動地躺在地上。

我和比拉爾呆望着對方，他先開口：「發生了什麼事？」

我苦笑着，實在答不上來。我跳下了那金屬體，走到三隻怪眼前面，先用**腳**撥了它們一下。它們剛才爬行時，身體十分柔軟，如今卻變得非常硬。我俯身想用手指去碰它們，比拉爾立時叫道：「**小心**！」

我迅速用手指碰了其中一隻怪眼一下，又縮了回來，確定自己沒有受任何損傷，才敢直接將怪眼拿起，對比拉爾說：「你來看，它們現在的情形，就像我們在蔡根富**宿舍**中找到的那塊煤精。」

比拉爾細心一看，驚訝道：「甚至連中心部分的小孔也一模一樣！」

這個小孔，毫無疑問是剛才被那股**白色光線**貫穿所造成的。當我第一次見到蔡根富家中那塊「煤精」，注意到它的中心部分有一個**小孔**時，我以為那個小孔一定是蔡根富用什麼工具鑽出來的。現在我才明白，那

塊煤精被蔡根富發現和收藏之前，早已 **死** 在那種白色光線之下了，所以留下了那個小孔。

不過，我也絕不敢輕視這種已死了的「眼睛」，因為我知道它在碎開之後，內裏的 **透明液汁** 又能活過來，分裂繁殖出更多的「眼睛」怪物！

這時，我和比拉爾不約而同望着洞壁上的 組畫，那是一個 **懸空** 的發光體中，射出許多白色光線，直射向那些臉上有怪眼的黑人的情形。

比拉爾先開口：「這種光線……專殺那種怪眼？」

「看來是這樣！」我點頭。

比拉爾神情充滿了疑惑，「這塊金屬體究竟是什麼東西？」

我伸手在金屬體的表面慢慢摸着，當 **摸** 到某個位置時，突然感覺到金屬體的內部有一陣十分輕微的震動。

接着，金屬體發出了一下聲響，面對着我們的那個垂直面，突然像信箱門那樣向下打開。

那金屬體看來像個箱子，這時我們可以看到它的內部，發現它的上半部是許多薄片，一片一片密密麻麻，每片之間只有極小的空隙。

比拉爾伸手將其中一片拉出來，那是極薄的金屬片，面積約在一平方米左右，在金屬片上，有着極精緻的浮雕花紋。

我們仔細一看那些花紋，**不約而同**地發出了「啊」的一聲！

因為任何稍有**地理知識**的人，一看就認出那是英倫三島的地圖！

「英國！」比拉爾失聲道。

我馬上拉出另一片金屬片，這片上面的花紋是中美洲，從洪都拉斯到巴拿馬的一段。

比拉爾叫了起來：「中美洲！可是……這裏應該是**巴拿馬運河**，為什麼沒有？」

我想了一想，猜測道：「會不會……在繪製這些地圖的時候，根本還未有巴拿馬運河？」

我一面說，一面伸手在金屬片上的巴拿馬碰了一碰，金屬體隨即發出一下**聲音**來。

我們嚇了一跳，比拉爾也地伸手去摸

一下，同樣手指一接觸到，就有聲音發出來，這次有三個

音節，使我們覺得這些聲音是有意思的，只是我們聽

不懂。

比拉爾於是又將手指放上去，這次放得久一點，所發

出的聲音有着許多音節。

「**聽來像是**一種語言。」比拉爾說。我

也點頭認同。

接着，我們又隨便拉出其他的金屬片來，每一片的花

紋都能看出是某個地域的 **地圖** ，而且一碰上去，就發

出一段像語言的聲音，但奇怪的是，沒有一種語言我們能

聽得懂，除了刻着 **印度** 地圖的那一片，我勉強能聽懂

一個字，立時叫了起來：「我聽懂了一個字，這真是一種

語言！」

比拉爾望着我，我示意他先別出聲，我的手指仍然**接觸**着金屬片上印度的位置，聲音不斷自金屬片傳出來，過了一會，我又叫了起來：「還是那幾個音節！它已經重複了兩次：茲以塔！那是印度哈薩瓦蒲耳省的土語，是『**天空**』的意思！」

比拉爾望着我，像是寄望我能聽懂更多的內容，可是除了「天空」這一個詞之外，其餘所「講」的，我一點也聽不懂，只能向比拉爾苦笑道：「或許那只是巧合，因為這是印度的地圖，所以令我**聯想**起印度的土語來！」

比拉爾沉思了一下，皺着眉説：「會不會……這些金屬片上，我們接觸哪個地方的地圖，它就會發出那個地方的語言？」

「可是，為什麼剛才很多地方的語言我們都聽不懂？

就連『**法國**』發出的語言，你也聽不明白。」我提出了這個疑問。

　　比拉爾突然想到：「剛才你不是說，製作**地圖**的時候，還未有巴拿馬運河嗎？那會不會……」

　　我馬上明白他的意思，驚訝道：「那時連法國也沒有？」

　　比拉爾點着頭，我倆呆呆地對望了一會，然後不約而同地說：「**中國！**」

因為我們都想到，要找一個早已有了文明和系統語言的古國。而這些 **文明古國** 當中，剛才印度的古語言，我只認得一個詞；至於埃及話和巴比倫話，我們就更加沒可能聽得懂。

幸而，我恰好是中國人，或許可以聽懂中國古代的語言，使我們還有 **一絲希望**，去了解那些金屬片想表達什麼！

我們立刻將金屬片一一拉出來，終於找到了亞洲東部的地形圖、渤海灣、山東半島、**長江**、黃河等等。

我伸出手來，猶豫着，比拉爾催促道：「你還在等什麼？」

「中國的語言十分複雜，如果年代是早到歐洲還處於 **蠻荒時代**，中國的語言，我想應該在黃河流域一帶去找，才比較靠得住，中國文化從那裏起源！」

我一面說着，一面將手指放在**黃河**附近，如今河南、河北省的所在地。我和比拉爾都極其緊張，聲音傳出來了，是一種**單音節**的語言，毫無疑問是中國話。

聽了一分鐘之後，比拉爾焦切地問我：「你別老是聽，快說，它講什麼？」

我苦笑道：「它的確是在講些什麼，而且所用的語言肯定是**中國話**，只不過⋯⋯我聽不懂！」

比拉爾有點憤怒，責怪道：「中國人聽不懂中國話？」

「你是法國人，可是剛才的那種法國話——」我憤然回敬他之際，突然又停住，凝神傾聽着，「等一等！我剛剛聽懂了幾個字：『**自天而降**』。還有還有！它還說：『**邪惡**』，對！絕對是『邪惡』這兩個字！」

第二十章

邪惡佔據了地球人的心靈

我一遍又一遍地聽着,用心聽了至少三十遍之後,我向比拉爾要了**紙和筆**,嘗試把我辨認到的字記下來。

又聽了將近三十遍,那時天色已黑,比拉爾點上了火把照明。

每多聽一遍,我就有新的發現,一直等到山洞頂上又有**陽○光**透進來,我霍地站起,骨頭已經僵硬得發

出「格格」聲。

　　我連忙搖醒比拉爾，他擦擦眼睛，然後興奮道：「你有頭緒了？」

　　「我記下了三百個字左右，大概只佔其中三四成內容，但再 **結合** 這些日子以來的經歷，我相信我能理解七八成的意思！」

　　「那它究竟講了些什麼？」比拉爾着急地問。

我吸了一口氣，在腦中組織了一下，説：「那段話，用『 **邪惡** 』來稱呼那些怪眼，而這種邪惡，來自很遠的一個地方……」

我講到這裏，不由自主地抬頭，望向陽光透進來的那個大洞。

「 **遠至星際？** 」比拉爾問。

我點着頭，繼續説：「在那個地方，有着邪惡與非邪惡之間的鬥爭。非邪惡很幸運，將邪惡 **打敗** 了，還把邪惡趕離他們的地方。可是非邪惡知道，邪惡到哪裏都是邪惡，它們可以附在任何生物身上，侵蝕該生物的思想，操縱其身體，成為邪惡的化身！所以非邪惡要追殺邪惡， **斬草除根** ，結果追到地球來。」

比拉爾眨着眼，「邪惡來了地球？那麼地球人豈不是早已被邪惡侵佔？」

我無奈道：「有些內容我也沒完全聽懂，只知邪惡的形狀與 **地球人的眼睛**  相似，而且可以繁衍，所以極難完全消滅。只有花了多年研究出來的一種光線，可以直接 **消滅** 邪惡。除此之外，還有一種間接的方法，就是讓它們自相殘殺。邪惡的體型有大有小， **侵佔** 了移居體之後，就不會再離開，它們最善於偽裝、欺騙，而且極喜歡自相殘殺，這是它們的天性。」

比拉爾恍然大悟，喃喃道：「蔡根富用高壓水力採煤

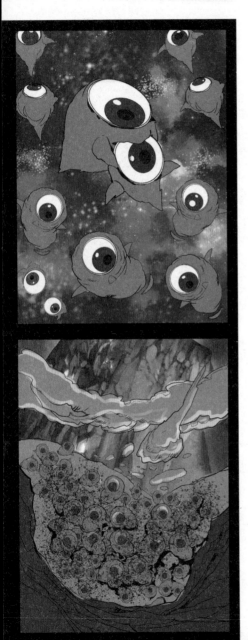

機殺死被怪眼侵佔的人，而奧干古達射死自己的僕人，其實……是邪惡在 自相殘殺 ？當時蔡根富和奧干古達自己根本已被邪惡侵佔了？」

我苦笑道：「恐怕是。還有剛才他們三人的可怕混戰，可見每一個邪惡，都想自己成為唯一的維奇奇大神，而將其他同類殺死！」

我又指着表達地震的那一組壁畫，說：「非邪惡製造了一場 ，希望將所有邪惡壓到地底之下，永遠找不到移居體。」

比拉爾隨即苦笑道：「誰會想到，人們開採煤礦，又將邪惡採了出來。」

「就算地底的 **邪惡** 沒有被採出來，誰又能知道，在那場地震之前，有多少邪惡已經找到了移居體，成為 **漏網之魚** ，沒有被壓到地底下？」

比拉爾登時呆住，我接着說：「你不妨想想人類歷史中，各種邪惡的行為，能用 **常理** 來解釋嗎？」

比拉爾的聲音有點發顫：「你的意思是……不少邪惡早已 **侵佔** 了人類，而且至今仍在繁衍着？」

我嘆了一口氣，沒有直接回答，我和他都沉默了好一會，比拉爾才再開口問：「那段話……還說了些什麼？」

「我所能理解的，大概就是這些。它說，留下這個箱子，集中了當時地球上所有的語言，希望會有人發現，知

道這件事的 **來龍去脈** ；此外，萬一邪惡又出現，

這個箱子也能射出那種光線，將邪惡消滅。」

　　「如果蔡根富從一開始已經被怪眼侵佔，那麼及後所

發生的事，都是怪眼的 **陰謀** ？」比拉爾提出這個疑

問。

　　我點着頭，「我猜測，蔡根富在開礦過程中，先發現

了一隻怪眼。那隻怪眼是曾經被那種 **光線** 射中過

的，蔡根富可能在這隻怪眼上發現了一些什麼，向道格工

程師 **請教** ，而道格覺得那只是十分平凡的煤精，

蔡根富就只好將那怪眼帶回家中。

　　「第二天，有大量的怪眼被掘了出來，那些怪眼雖

然長時間壓在地下，卻沒有死，一被掘出來，就紛紛侵佔

移居體 ，包括蔡根富！他很可能是最早被怪眼侵佔

的，邪惡立時佔據了他的思想，**唯我獨尊** 的特性發作，驅使他殺死了一批同類，而另有一批同類可能開闢了一條通道逃匿起來，由於通道口很小，它們用煤炭封住了，就沒有人察覺出來。」

比拉爾馬上又有疑問：「不對，蔡根富被捕時，臉上根本沒有 **異樣**，沒有那隻怪眼。」

我揣測道：「或許那時怪眼在他的胸前，或其他部位，甚至可能代替了他的一隻眼睛。因為正如那段話說，怪眼有大有小，善於 **偽裝** 和欺騙。蔡根富在拘禁期間堅持一句話也不說，後來懂得趁機逃走，竟然能潛回到礦坑去，挖開那條秘道，是不是想追殺同類？及後他又找到了花絲幫忙，這一切，都不是 **頭腦簡單** 如蔡根富這樣的人，能做出來的！」

　　比拉爾點着頭，同意我的分析。我又説：「侵襲花絲的 **怪眼** ，多半就是蔡根富身上那隻繁衍出來的。他們已經聚集了那麼多土人，如果不是奧干古達和我們在這裏，而我們又意外挖出了這個箱子，射出特殊光線將怪眼消滅的話，真不知道它們會如何 **興風作浪** ，實行什麼 **陰謀詭計** ！」

　　比拉爾吸了一口氣，「我們離開這裏吧。」

　　我指着那金屬箱，「怎麼處理這箱子？」

　　比拉爾呆了半晌，説：「讓它留在這裏吧。如果將它帶出去，恐怕會成為 **殺人機器** 。你能説得準，這個世界上，有多少人已經被怪眼侵佔了嗎？」

　　我明白比拉爾的意思，怪眼和人類的眼睛太相似了，若佔據了人的一隻 **眼睛** ，旁人根本認不出來。萬一這個世界上，有九成以上的人已被邪惡侵佔……

我倆走出了山洞，花了大半天時間，才回到了直升機的附近。當我們登上直升機之際，比拉爾說：「我們**三個人來，兩個人回去**，如何向當局解釋奧干古達的失蹤或死亡？」

如果我們照實講的話，一定不會有人相信，甚至當我們是謀害奧干古達的**兇手**。這的確是個大難題！

我想了一會，望着比拉爾，「你我一回到首都，不要接觸任何官員，立刻離開。」

「好主意！」比拉爾點着頭，望着我，突然問：「那金屬片怎樣形容**邪惡的特性**？」

我苦笑着回答：「善於掩飾、說謊、偽裝和欺騙！」

比拉爾也苦笑起來，「我們的行為，恰好是這種特性的**寫照**！」

　　他說得沒錯，而我 心 ❤ 中已開始在想，如何編造

一個故事去應付老蔡，我未能將蔡根富帶回去，必須編造

一個令他相信而又安心的故事。

　　所以說，　邪惡　的特性，只怕像人臉上的眼睛

一樣，人人都有。（完）

衛斯理系列 少年版 36

眼睛（下）

作　　　者：衛斯理（倪匡）

文字整理：耿啟文

繪　　　畫：鄺志德

助理出版經理：林沛暘

責任編輯：梁韻廷

封面及美術設計：黃信宇

協　　　力：方曉琳

出　　　版：明窗出版社

發　　　行：明報出版社有限公司

　　　　　　香港柴灣嘉業街 18 號

　　　　　　明報工業中心 A 座 15 樓

電　　　話：2595 3215

傳　　　真：2898 2646

網　　　址：http://books.mingpao.com/

電子郵箱：mpp@mingpao.com

版　　　次：二〇二四年七月初版

I S B N：978-988-8829-32-3

承　　　印：美雅印刷製本有限公司